雪女の家
おけら山
ちくちく森
ひりひり滝
おおかみ男の家
ぬるぬる池
かたかた橋
にこにこ
ぷんぷん
めそめその花畑
ぞくぞく劇場
美術館
ぞくぞく小学校

ぞくぞく村の

のっぺらぼう ぺらさん

末吉暁子・作
垂石眞子・絵

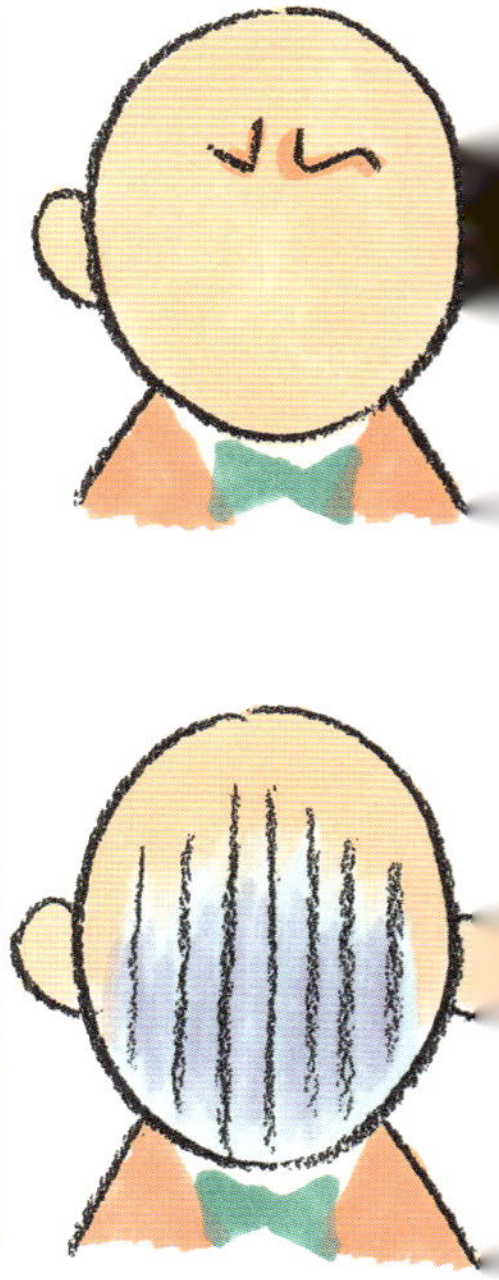

ぞくぞく村《むら》のどまん中《なか》。
どっきり広場《ひろば》のカフェテリア
「のっぺらぼう」は、きょうも大《おお》にぎわい。

せんでんもんくどおり、
「どんなおばけにも満足《まんぞく》してもらえる
ドッキリメニューがいっぱい！」の上《うえ》に、
「早《はや》い！　安《やす》い！　おいしい！」のですから。

それだけではありません。
お店《みせ》の主人《しゅじん》、心《こころ》やさしいのっぺらぼうのペラさんは、
いつでも、のっぺらーとしたえがおで、
お客《きゃく》をむかえてくれます。
「え、えがお？　だって、のっぺらぼうなんじゃないの？」
と思《おも》ったあなた、ようく見《み》てごらんなさい。
ほうら、
にっこりわらいじわと、
えくぼがうかんで
いるでしょう。

お日《ひ》さまがおけら山《やま》のむこうにしずみ、
ぐずぐず谷《だに》からまん丸《まる》お月《つき》さまがのぼってくると、
今夜《こんや》もさっそくお客《きゃく》さまがやってきましたよ。
おしゃれおばけのおじいさんにつれられて、
ちびっ子《こ》おばけのグーちゃん、
スーちゃん、ピーちゃんが……。
「いらっしゃいまホー！」

おしゃれおばけのおじいさんは、きょうは、
新《あたら》しいネクタイで、ピシッときめています。
「ちびっこおばけたちや。きょうは、わし、
にっこにこ、ごきげんなんでな。
なんでも、すきなものをごちそうしてあげるよ。」
おじいさんは、ちびっ子《こ》おばけの
グーちゃん、スーちゃん、ピーちゃんに
言《い》いました。

おじいさんのネクタイは、ぬるぬる池《いけ》の
「水中《すいちゅう》エアロビクス教室《きょうしつ》」を、
一日《にち》も休《やす》まないで通《かよ》ったごほうびに、
先生《せんせい》のレロレロさんから
もらったもの
なのです。

おしゃれおばけの
おじいさんがごきげんなのは、
まさに、このネクタイの
おかげだったのです。

「グワー、やった！」

「すごいっス！」

「うれピー！」

グーちゃん、スーちゃん、ピーちゃんは、頭《あたま》をよせあって、絵《え》入《い》りメニューのはしからはしまで、ひっしで見《み》ていきます。

「グワー、みんなおいしそう！」

「全部注文《ぜんぶちゅうもん》してもいいっスか？」

「あれも食《た》べたい、これも食《た》べたいッピ！」

なかなか決《き》まりません。

「きょうのおすすめは、おばけかぼちゃの丸《まる》ごと天《てん》ぷら、ホー！

一こでじゅうぶん四人満《にんまん》ぷくホー！　それにデザートは、おけら山《やま》の雪《ゆき》のシャーベットがいいんじゃないかホー！」

ペラさんが言《い》ったとたん、ちびっ子《こ》おばけたちは声《こえ》をそろえて、

「わーい、それがいい！」

こっそり、おさいふの中身《なかみ》をたしかめていたおじいさんも、ほっ！

「かしこまりましたホー！」

ペラさんがひっこむと、まもなく、
三つ目《め》おばけのウェイターが、
ヒューイヒューイと、大《おお》きな天《てん》ぷら
なべを運《はこ》んできました。
つづいて四ひきの鬼火《おにび》こぞうが、
衣《ころも》をつけた大《おお》きなおばけかぼちゃを
フイフイフイと運《はこ》んできます。
「おばけかぼちゃの中《なか》には、
べろべろの実《み》や、ひそひそ川《がわ》で
取《と》れたナイショ魚《ざかな》のたまごなどが
ぎっしりつまっているんだフイフイフイ。」

鬼《おに》火《び》こぞうたちは、
天《てん》ぷらなべの下《した》で
頭《あたま》からほのおを
出《だ》して、おなべを
あたためはじめました。

やがて油《あぶら》が、
プチンプチン、
ジワジワッと
音《おと》を立《た》てはじめると、
三つ目《め》おばけは、
おばけかぼちゃをドップン！
と、おなべに入《い》れました。
ジュジュ、ジュジュ、
ジュワワワ～ン！

特大《とくだい》のおばけかぼちゃの
丸《まる》ごと天《てん》ぷらのできあがりです。
「グワーイ！」
「できたっス！」
「おいしそ、ピー！」
ちびっ子《こ》おばけたちは、
ふわんふわん飛《と》びあがって大《おお》よろこび。

夜《よる》が深《ふか》まるにつれ、
カフェテリア
「のっぺらぼう」も、
にぎやかになってきます。
となりのテーブルでは、
ミイラのラムさんと
マミさんのカップルが、
なかよく、ホルマリン
ソーダ水《すい》を飲《の》みながら、
ナフタリンタルトを
つついています。

もひとつむこうの
テーブルでは、
魔女《まじょ》のオバタンが、
ひそひそ川《がわ》でとれた
大《おお》きなけんかうつぼの
からあげとかくとうしています。
四ひきの使《つか》い魔《ま》たちは、
おうちでおるすばんのようですね。

けんかうつぼのからあげは、オバタンがナイフで切《き》ろうとするたびに、バクバク大《おお》きな口《くち》を開《あ》けて、あばれます。

そのときです。

そばのまどの外《そと》から、四ひきの使《つか》い魔《ま》の顔《かお》が……。

「オバタンだけ、おいしいものを食《た》べにくるなんて、ひどいニャ。」

「ぼくたちだって、ごちそうになるだバサ。」

四ひきの使《つか》い魔《ま》は、こっそり、オバタンを追《お》いかけてきたのです。
ところが、オバタンは、今《いま》まさに大《おお》きなけんかうつぼのからあげとかくとう中《ちゅう》で、どうやら、けんかうつぼの方《ほう》が強《つよ》そうです。
「たいへんペロ。オバタンが、けんかうつぼに飲《の》みこまれそうペロ。」
「オバタンを助《たす》けにいかなくちゃ。ブオイ。」

四ひきは、まどから飛《と》びこむと、けんかうつぼの
からあげを、ボコボコにやっつけました。

ついにけんかうつぼは、白《しろ》はたを出《だ》して、

「まいった！」

「これで、安心《あんしん》して食《た》べられるニャ！」

「ぼくたちも、ごちそうになって
いいだバサ？」

四ひきの使《つか》い魔《ま》は、さっさと
テーブルについて言《い》いました。

「あ？　ああ、おかげで助《たす》かったよ。じゃ、みんなで食《た》べよう。」

オバタンが、ちょっとばつがわるそうに言《い》うと、
四ひきの使《つか》い魔《ま》は、このときとばかり、いいごあいさつ。

「いっただきまーす！」

さて、おしゃれおばけのおじいさんとちびっ子《こ》おばけたちが、おけら山《やま》の雪《ゆき》でできたシャーベットも全部《ぜんぶ》たいらげ、大満足《だいまんぞく》で帰《かえ》っていくと、入《い》れちがいに、妖精《ようせい》レロレロさんがひとりで入《はい》ってきました。

レロレロさんはいちばんおくのテーブルに、みんなに背《せ》を向《む》けてすわると、小《ちい》さな声《こえ》で注文《ちゅうもん》しました。

お店《みせ》にいたお客《きゃく》は、聞《き》いていないふりをしながらも、いっせいに耳《みみ》をうちわのように広《ひろ》げました。

「海草《かいそう》サラダと、ノリの寒天《かんてん》よせ、天草《てんぐさ》のロールケーキ、おねがいします。」

レロレロさんの注文《ちゅうもん》は、
このごろ、いつも同《おな》じです。

それを聞《き》いたペラさんは、おそるおそる言《い》いました。
「ホー？　レロレロさん、もしかしてダイエットでもして
いらっしゃるんでしょうかホー？　それだったら、もじゃもじゃ
サラダやゼニゴケゼリーの方《ほう》がよろしいんじゃないかホー？」
すると、レロレロさんは、むっとして言《い》いました。
「あら、あたし、これ以上《いじょう》、スマートになる
ひつようなんかないわ。
わけは聞《き》かないでちょうだい。」
ペラさんの頭《あたま》からは、
はてなマークが、ぴょこぴょこ、
ぴょこんと飛《と》びだしました。

すると、そばのテーブルにいた
ミイラのラムさんが、こっそり
耳《みみ》うちしてくれました。
「ペラさん、あのね、
レロレロさんが
たのんでいるのは、
髪《かみ》の毛《け》にいいと言《い》われる
食《た》べものばっかりだよ。
わかるでしょ？」
ペラさんは、心《こころ》の中《なか》で、
あっとさけびました。

そうなのです。

妖精《ようせい》レロレロさんの、あの、日《ひ》がわりで色《いろ》の変《か》わる髪《かみ》の毛《け》は、か・つ・ら。自分《じぶん》の髪《かみ》の毛《け》は、わけあって、どんより沼《ぬま》のほとりのとりかえばばのところにあるのです。

「そ、そうだったのか。」

ペラさんは、にげるように調理場《ちょうりば》へひっこみました。

「ふうむ。レロレロさんは、気《き》にしていないように見《み》えても、やっぱり、自分《じぶん》の髪《かみ》の毛《け》がほしかったんだホー！」

心《こころ》やさしいペラさんは、考《かんが》えました。

「よっしゃあ！　なんとか、レロレロさんに美《うつく》しい髪《かみ》の毛《け》が生《は》えてくるよう、メニューをくふうしてやろうじゃないか、ホー！」

それからというもの、
ペラさんは、
秘伝《ひでん》のレシピや、
スクラップブックを
ひっくり返《かえ》しもっくり返《かえ》し、
研究《けんきゅう》を重《かさ》ねました。
少《すこ》しでも、
髪《かみ》の毛《け》にいいとか、
髪《かみ》の毛《け》が生《は》えるとか
言《い》われる材料《ざいりょう》は
全部《ぜんぶ》取《と》りいれてみました。

「わかめとひじきと糸寒天《いとかんてん》、
にこにこの花《はな》びらと、
ノビルの根《ね》っこを
ミキサーにかけたら、
丸《まる》めて、油《あぶら》であげるホー。
それに、新緑《しんりょく》のころの
もじゃもじゃ草《そう》を乗《の》せて、
ハエハエ草《そう》のしるを
上《うえ》からしぼったら、
仕上《しあ》げにおおかみ男《おとこ》のしっぽの毛《け》を、
パラパラふりかけよう、ホー。」

そうして、ついに、
自信《じしん》の一品《ひとしな》を
作《つく》りだしました。

「これだ！　ぜったいいけるホー。ぜひレロレロさんに食《た》べてもらおう。」
しかし、その前《まえ》に、だれかにためしてもらった方《ほう》がいいかもしれません。
もしも、ぜんぜんこうかがなかったら、ますますレロレロさんをきずつけてしまいそうですから……。
「よし。うちのウェイター、三つ目《め》おばけに、まず食《た》べてもらうホー。」

「え？　あっしが食《た》べていいんすか？
おっ、うまいうまい！
さすが、のっぺらぼうのペラさんが
考《かんが》えた新《しん》メニューですね。」
食《く》いいいじのはっている
三つ目《め》おばけは、よろこんで、
ガツガツ、たいらげました。
「どんなもんだろ。
こうかはあるかなホー？」
ペラさんが、ひそかに
観察《かんさつ》していると……。

一日目《にちめ》。
三つ目《め》おばけの頭《あたま》のてっぺんからは、
毛《け》が三本《ぼん》、鼻毛《はなげ》がそれぞれ三本《ぼん》ずつ、
木《き》の芽《め》のように生《は》えてきました。
「おっ、これはこうかが
ありそうだホー。」

二日目《かめ》。
三つ目《め》おばけの、
首《くび》から上《うえ》は、
毛《け》むくじゃらになりました。

三日《か》目《め》。
三つ目《め》おばけの
背中《せなか》も毛《け》むくじゃら。

四日《か》目《め》。
三つ目《め》おばけの
両《りょう》うでも毛《け》むくじゃら。

こうして一週間《しゅうかん》もたつころには、
三つ目《め》おばけは、
三つの目《め》だけ残《のこ》して
どこもかしこも毛《け》むくじゃら。
しかも、日《ひ》がたつにつれ、
わっさわっさとのびていきます。
「な、なんだ、こりゃ！」
三つ目《め》おばけは、毎日毎日《まいにちまいにち》、
かみそりで毛《け》をそらなくては
ならなくなりました。

ペラさんは、妖精《ようせい》レロレロさんの
全身《ぜんしん》が毛《け》だらけになったところを想像《そうぞう》して、
ぞーっとしました。
「ホ〜ッ、だめか。」
ペラさんは、頭《あたま》をかかえました。

「よし。こうなったら、自分《じぶん》がどんより沼《ぬま》に行《い》って、
とりかえばばにかけあって、レロレロさんの
髪《かみ》の毛《け》を返《かえ》してもらうしかないホー。」

ちょうど、おおかみ男《おとこ》のちくちく先生《せんせい》から、出前《でまえ》の注文《ちゅうもん》が来《き》たところです。
「ちくちく先生《せんせい》の家《いえ》は、おけら山《やま》のふもとだ。
出前《でまえ》をとどけるついでに、
ぼくがどんより沼《ぬま》まで行《い》くだホー。」

今夜《こんや》は満月《まんげつ》です。

いつも出前《でまえ》をとどけるのは、三つ目《め》おばけの役目《やくめ》なのですが、この夜《よる》ばかりは、お店《みせ》の主人《しゅじん》であるペラさんがみずから宅配用《たくはいよう》の三輪車《さんりんしゃ》に乗《の》って、出《で》かけていきました。

ちくちく先生《せんせい》からの注文《ちゅうもん》は、ドッキリげきからピザ五十八まいと、めそめその花《はな》の花《はな》びらおかゆをおわんに一ぱい。

ずいぶんへんな組《く》みあわせです。

「たぶん、げきからピザは、おおかみ男《おとこ》に変身《へんしん》したときのため、花《はな》びらおかゆは、ぶた男《おとこ》に変身《へんしん》したときのためなんだホー。」

ちくちく先生《せんせい》は、自分《じぶん》でもどっちになるのかわからないので、こんな注文《ちゅうもん》をしたのでしょう。

おおかみ男《おとこ》の家《いえ》「ちくちく歯科医院《しかいいん》」までは、車《くるま》ですぐです。

「おまちどうさまホー！」

ペラさんは、まん丸《まる》お月《つき》さまがちくちく森《もり》の上《うえ》に顔《かお》を出《だ》す前《まえ》にとうちゃくしました。

「ああ、どうもありがとう。」

顔《かお》を出《だ》したちくちく先生《せんせい》も、まだ変身前《へんしんまえ》。

「やれやれ、よかったホー！」

ペラさんは、先《さき》を急《いそ》ぎました。

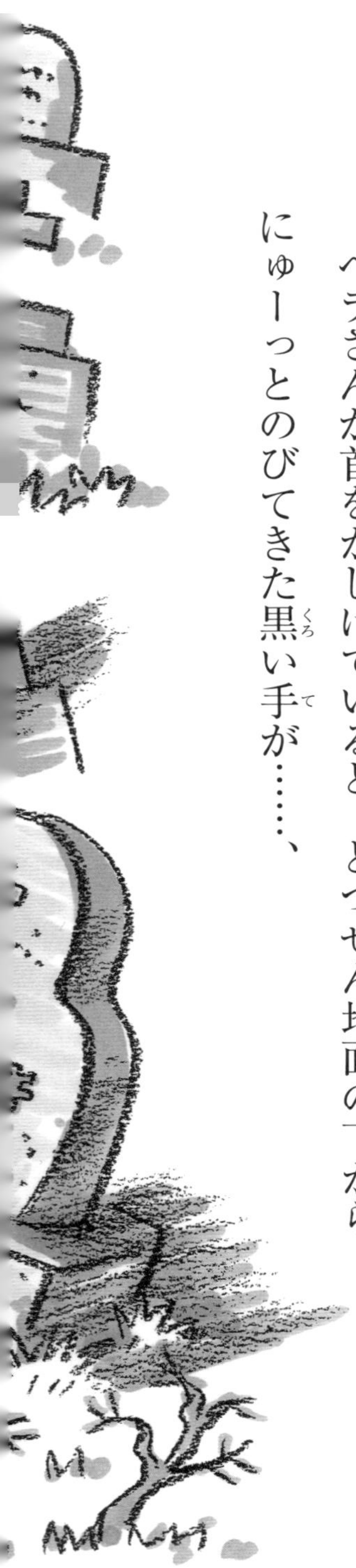

やがて、墓石《はかいし》の地下《ちか》アパートの立《た》ちならぶ、さびしい一角《いっかく》に出《で》ました。

めいろのような小道《こみち》を走《はし》っていると、「コーポぞくぞく」のあたりから、いきなりがいこつのガチャさんが道《みち》に飛《と》びだしてきました。

ペラさんは、ギャギャーンと急《きゅう》ブレーキ。

「あぶないじゃないか、ホー！」

「あ、ごめんなさい。ちょっと急《いそ》いでにげてたんで。」

「へ？」

ペラさんが首《くび》をかしげていると、とつぜん地面《じめん》の下《した》からにゅーっとのびてきた黒《くろ》い手《て》が……、

コーポ
ぞくぞく

がっちりと、ガチャさんの足《あし》をつかみました。

「ガチャさん、つかまえたわよ！

ゾンビ特《とく》せいミミズスパゲティを作《つく》ったから、
お食事《しょくじ》に招待《しょうたい》したのに、どうしてにげるのよ！」

「うえーん！　食《た》べたくない……。」

ガチャさんはビショビショに足《あし》をつかまれたまま、
地面《じめん》の下《した》にひきずりこまれていきました。

「ホー！　かわいそうなガチャさん……。」

ペラさんは、先《さき》を急《いそ》ぎました。

おけら山《やま》のふもとを、
トコトコトコトコ
走《はし》っていくと、
ようやくどんより沼《ぬま》の
ほとりにやってきました。
どんより沼《ぬま》は、
もとはといえば、
妖精《ようせい》レロレロと
妹《いもうと》のメロメロが、
いっしょに住《す》んでいた
ところです。

でも、メロメロは、どこからか風《かぜ》に
乗《の》って飛《と》んできた、流《なが》れ者《もの》の風船男《ふうせんおとこ》に
ひと目《め》ぼれしてしまったのです。

風船男《ふうせんおとこ》を追《お》いかけるために、
メロメロは、とりかえばばの
ところへ行《い》き、自分《じぶん》の尾《お》びれ
とこうかんして、二本《ほん》の足《あし》を
もらいました。
でも、それだけでは、空《そら》を
飛《と》ぶことはできません。

そこで、お姉《ねえ》さんのレロレロは、
かわいい妹《いもうと》のために、自分《じぶん》の髪《かみ》の毛《け》と、
とりかえばばの風船《ふうせん》つき
リュックサックとを、
とりかえっこしてしまったと
いうわけなのです。

ひとりになった
レロレロは、思《おも》い出《で》の多《おお》い
どんより沼《ぬま》をあとに、
ぬるぬる池《いけ》へとひっこして
いきました。

とりかえばばの家《いえ》は、沼《ぬま》のほとりにあります。

ペラさんの三輪車《さんりんしゃ》が近《ちか》づいていくと、

門《もん》の上《うえ》にいたまねきねこが、ひょいひょいと

両手《りょうて》をあげて、おいでおいでをしました。

「おいでおいでをしてるホー。

入《はい》っていいんだな。」

ペラさんが門《もん》を入《はい》っていくと、とりかえ

ばばがぴょこんとげんかんから顔《かお》を出《だ》しました。

しわくちゃのうめぼしみたいな顔《かお》なのに、

わかめのように美《うつく》しいゆたかな髪《かみ》をなびかせています。

それこそ、レロレロから取《と》りあげた髪《かみ》の毛《け》でした。

「まねきねこの
右手《みぎて》があがったら、
人《ひと》が来《く》る。
左手《ひだりて》があがったら、
お宝《たから》が来《く》る。
両方《りょうほう》あがったと
いうことは……？
なんだい、
のっぺらぼうの
ペラさんじゃないかえ。
このばばに、なにか用《よう》かえ？」

ペラさんは思《おも》いきって言《い》いました。

「ええ。じつは、ぬるぬる池《いけ》の妖精《ようせい》レロレロさんの髪《かみ》の毛《け》を、返《かえ》してあげてほしいんでホー。」

「なに、この髪《かみ》の毛《け》を？」

とりかえばばは、長《なが》い髪《かみ》をゆびでくしけずりながら、ペラさんを上《うえ》から下《した》までじろじろと、ねぶみするように見《み》て言《い》いました。

「話《はなし》によっちゃ、返《かえ》してあげないでもないさ。で、なにと、とっかえてくれるんだえ？」

「あ、えーと……。」

そこまで考《かんが》えていなかったペラさんは、あわてて言《い》いました。

「うちのカフェテリア
『のっぺらぼう』の招待券《しょうたいけん》を、
毎《まい》ばん一年分《ねんぶん》というのは、
ど、どうでホー?」

「ふん!
あんな遠《とお》いとこまで、
毎日《まいにち》、行《い》ってられるかえ!」

「じゃ、じゃあ、毎日《まいにち》、
この三輪車《さんりんしゃ》で、

日《ひ》がわりメニューを
おとどけっていうのは、どうでホー！」
ペラさんにしては、思《おも》いきった申《もう》し出《で》です。
これなら、とりかえばばも飛《と》びつくだろうと思《おも》ったのに、
「ふん！　あたしゃ、どんより沼《ぬま》のガガンボ入《い》りスープさえ
飲《の》んでりゃ、ごきげんなんだよ。返《かえ》してやるもんかね。」
と、にべもありません。
「こ、こまったホー。いったい、なんだったら、
とりかえてくれるんだホー。」

するとと、とりかえばばは、ちらちらと三輪車《さんりんしゃ》の方《ほう》を横目《よこめ》で見《み》ながら言《い》いました。

「そうだねえ。その車《くるま》とだったら、とりかえてあげないでもないよ。」

「ええっ？　これは出前《でまえ》を配達《はいたつ》したり、材料《ざいりょう》を仕入《しい》れに行《い》ったりと、毎日《まいにち》、仕事《しごと》に使《つか》うだいじな車《くるま》なんだホー……。」

「だめならいいんだよ。レロレロさんの髪《かみ》の毛《け》は、このとおり、あたしにすっごくにあうんでねえ、あたしゃ、気《き》にいってるんだから。そいじゃ、気《き》が変《か》わったら、またおいで。」

とりかえばばは、さっさと家《いえ》の中《なか》へひっこもうとします。

ちょ、ちょっと待ってホー！！

ペラさんは、なくなく言《い》いました。
わかったホー　じゃあ、この三輪車を置いてくホー

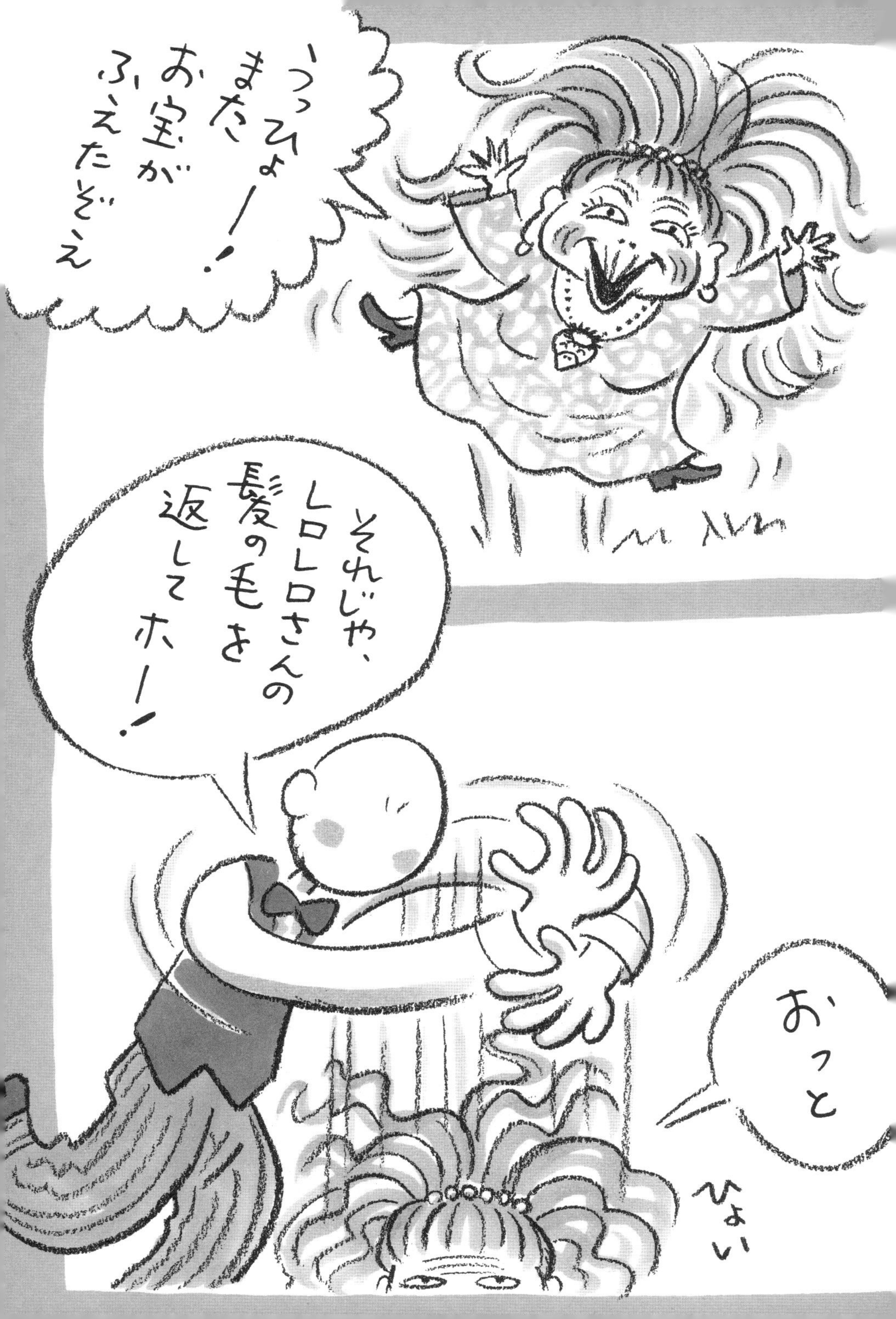
うっひょー！！
またお宝がふえたぞえ
それじゃ、ㇾロㇾロさんの髪の毛を返してホー！！
おっと
ひょい

ちょっちょっちょ！・まだ早い。
あたしゃ、車の運転は
できないからさ。
あんたが運転手になっておくれよ。
毎日
どっきり
広場に
乗せてって……
ぞくぞく劇場で
映画を
見たあと…
ポップコーン

カフェテリア「のっぺらぼう」で食事をして…

ミイラのラムさんのお店でショッピングするのにおつきあいしてくれるってのはどうだえ？

「じょ、じょうだんじゃないホー！」

それではまるで、ペラさんは、おくさんに首《くび》ったけの、新《しん》こんほやほやのだんなさんじゃありませんか。

「やならいいんだよ。おとといおいで。」

とりかえばばはそう言《い》って、また家《いえ》の中《なか》へひっこもうとします。

「う、う～！　ホ、ホ～！」

ペラさんの顔《かお》は、いかりのあまり、まっ青《さお》になったあとまっ赤《か》っかになってから、

にじのようなしまもようが、
よせては返《かえ》しています。
（どこまでもずうずうしくて、
ずるがしこいばばあめ。
いっそのこと、
とっつかまえて、
ぐるぐるまきにして、
きゅうりといっしょに
ピクルスにしてやろか。）
ペラさんが、思《おも》わず両手《りょうて》を
のばしたときです。

ドッドド、
ドドード、
ドッドド、
ドー！

いきなり、とっぷうがふいてきて、
どんより沼《ぬま》の水面《すいめん》が、ザワザワザワッと
波《なみ》だちました。

ふりむいたとりかえばばは、
沼《ぬま》の向《む》こうの空《そら》を見《み》あげて、
「アワワー！」
と、こしをぬかしました。
思《おも》わずペラさんもふりあおぐと、どうでしょう。
風《かぜ》にふきとばされた雲《くも》の切《き》れまから、
手《て》をつないでまいおりてくるのは、
風船《ふうせん》をつけた男《おとこ》と女《おんな》。
しかも、二人《ふたり》の間《あいだ》には、
小《ちい》さな赤《あか》んぼうがいるでは
ありませんか。

「ああっ！　あれは、メロメロと風船男《ふうせんおとこ》じゃないかえ！」

「ハーイ！　おひさしぶりぶり、とりかえばばちゃん！」

沼《ぬま》のほとりにおりたったメロメロは、背中《せなか》の風船《ふうせん》つきリュックサックをぬぐと、ぐいと、とりかえばばにおしつけました。

「これ、返《かえ》すから、お姉《ねえ》ちゃんの髪《かみ》の毛《け》、返《かえ》してもらうわ。」

そう言《い》って、とりかえばばの髪《かみ》の毛《け》を、丸《まる》ごとわしづかみにして、スポンとひきぬきました。

「アワワー！　なにするんだえ？」

もともとの、
しらがの
すだれ頭《あたま》になった、
とりかえばばが目《め》をむくと、
こんどは風船男《ふうせんおとこ》が、赤《あか》んぼうをだっこして言《い》いました。
「ぼくたち、風《かぜ》のふくまま、世界中《せかいじゅう》を飛《と》びまわっていたけど、
こんなかわいい赤《あか》んぼうが生《う》まれたんでね、
そろそろ、地《ち》に足《あし》つけて暮《く》らそうと決《き》めたんだよ。」
「だから、もう風船《ふうせん》つきリュックサックもいらなくなったの。」
「ダーダー！　ダーダー！」
「この子《こ》の名前《なまえ》は、ダーダーって言《い》うんだよ。」

ダーダーは、お母《かあ》さんと同《おな》じ、もえるような
オレンジ色《いろ》の髪《かみ》の毛《け》の、とびきりかわいい
男《おとこ》の子《こ》でした。
背中《せなか》には、天使《てんし》のように
鳥《とり》の羽《はね》が二まい、ついていました。

ペラさんは、思《おも》わず
メロメロの手《て》を取《と》って
言《い》いました。
「いやあ、お二人《ふたり》さん、
ほんとにいいときに
帰《かえ》ってきてくれたホー。
もう少《すこ》しで、
煮《に》ても焼《や》いても食《く》えない、
とりかえばばのピクルスが
できていたところだよ。
めでたい、めでたい。おめでホ～！」

「じゃあ、さっそくぬるぬる池《いけ》のお姉《ねえ》ちゃんに、
髪《かみ》の毛《け》を返《かえ》しにいかなきゃ。」

とりかえばばは、門《もん》の上《うえ》の
まねきねこをにらみつけて言《い》いました。

「なんだえ。
おまえが両手《りょうて》をあげたから、
お宝《たから》と人《ひと》と、
両方《りょうほう》やってくると
思《おも》ったのににい！
うそつきー！」

「それじゃ、みなさん、乗《の》った乗《の》ったホー！」
ペラさんが車《くるま》に乗《の》ってそう言《い》うと、ついつい、今《いま》までのように、
空《そら》を飛《と》んでいこうとした風船男《ふうせんおとこ》は、
「あ、そうか。じゃあ、ぼくも、風船《ふうせん》つきリュックサックを
置《お》いていこう。ほら、やるよ。」
と、とりかえばばにおしつけました。
「え？　ただでくれるのかえ？　うひょー！
もうかった、もうかった！　やっぱり、お宝《たから》がきたよ。」
とりかえばばは、風船《ふうせん》つきリュックサックを二つ背《せ》おうと、
ふわんふわんまいあがりました。

「さあ、出発《しゅっぱつ》！　ホ〜！」
「レロレロお姉《ねえ》ちゃん！
髪《かみ》の毛《け》、取《と》りかえしたわよ！
今《いま》、持《も》ってくから、
待《ま》っててね！」
メロメロたちを乗《の》せた
ペラさんの三輪車《さんりんしゃ》は、
ぬるぬる池《いけ》に向《む》かって
走《はし》りだしました。

ペラさんのお店《みせ》、カフェテリア「のっぺらぼう」は、
きょうも大《おお》にぎわい。
ほらほら、さっそく妖精《ようせい》レロレロさんが、
メロメロ一家《いっか》といっしょに、
やってきましたよ。
髪《かみ》の毛《け》を取《と》りもどした
レロレロさんは、いちだんと
かがやいています。
「い、いらっしゃいまホー！」
ペラさんも、ニッカニッカ
えがおで、おでむかえしました。

やっと全身《ぜんしん》の毛《け》が、ぬけてきた！
へい、お待《ま》ち！
フィ
フィ
早《はや》く血《ち》が飲《の》めるように
なりたいな
きょうは
ブタ男《おとこ》なの
オエー！
口《くち》なおし
しなくちゃ……
シャー
きょうこそは
丸《まる》ごと
食《た》べてやる

ぞくぞく村《むら》だより⑮号《こう》

ペラさん監修《かんしゅう》 のっぺらぼう特集《とくしゅう》

◆発行所《はっこうじょ》◆ ぞくぞく村《むら》広報室《こうほうしつ》

📖15号《ごう》のぞくぞく村《むら》だよりを持《も》ってきた人《ひと》には「カフェテリアのっぺらぼう」のお食事代《しょくじだい》を10%《パーセント》わり引《び》きします。

カフェテリアのっぺらぼうの きせつげんてい コースメニュー

＊こんどの満月《まんげつ》の前《まえ》の１週間《しゅうかん》！　１日《にち》３食《しょく》かぎり！　早《はや》いもの勝《が》ち！＊

① めったにさかない
もじゃもじゃの花《はな》びら入《い》りスープ

② ひりひり滝《たき》の
のぼりりゅうのすがたむし

③ べろべろの実《み》の
あかんべあんかけソテー

④ くじ入《い》りおばけかぼちゃの丸《まる》やき
（あたりを引《ひ》いたら１ドリンクがつきます）

⑤ ながれ星《ぼし》きらきら
魔女《まじょ》のぼうしアイスクリーム

かしします↓おかしします↓おかしします↓おかしします↓おかしします↓

いらなくなったかつら、
かしだします！
よりどりみどりの
髪《かみ》の色《いろ》！
ヘアースタイル！
おでかけや
パーティーに、
気分《きぶん》を変《か》えたいとき、
ぜひ、どうぞ！
（レロレロ）

○なんでも、あんたのすきなものと、とりかえてあげるよ。お宝《たから》もっといで〜！（とりかえばば）

おたよりください ▼あてさき▼〒一〇一―〇〇六五 東京都千代田区西神田三―二―一 あかね書房「ぞくぞく村」係

◎ひっこしました◎

どんより沼《ぬま》は、おねえちゃんのいるぬるぬる池《いけ》から遠《とお》いので、かたかた橋《ばし》のそばに家《いえ》を建《た》てて、引《ひ》っこしました。あそびにきてね。（メロメロ一家《いっか》）

おひるね中《ちゅう》に、
顔《かお》にいたずらがきしちゃ、
イヤーっ！

ぞくぞく美術館《びじゅつかん》

にがおえ展《てん》 かいさい中《ちゅう》!! 作品《さくひん》も ぼしゅう中《ちゅう》!!

おめかし ニンニン
静岡県・有加さん

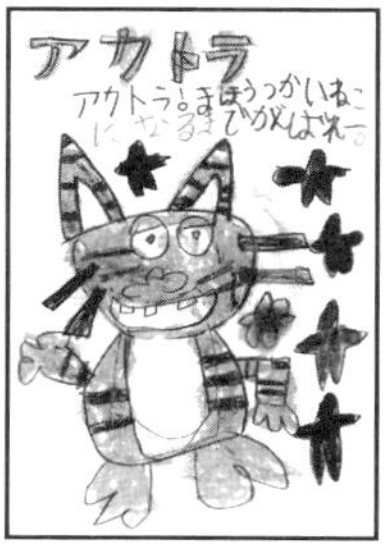

おうえん アカトラ
東京都・聖さん

ガチャさんより

●おしつけ手料理《てりょうり》、はんたい！
●どろんこげしょうも、はんたい!!
●スッピンに、さんせい!!!

作者　**末吉暁子**（すえよし　あきこ）
神奈川県生まれ。児童図書の編集者を経て、創作活動に入る。『星に帰った少女』（偕成社）で日本児童文学者協会新人賞、日本児童文芸家協会新人賞受賞。『ママの黄色い子象』（講談社）で野間児童文芸賞、『雨ふり花さいた』（偕成社）で小学館児童出版文化賞、『赤い髪のミウ』（講談社）で産経児童出版文化賞フジテレビ賞受賞。長編ファンタジーに『波のそこにも』（偕成社）が、シリーズ作品に「きょうりゅうほねほねくん」「くいしんぼうチップ」（共にあかね書房）など多数がある。垂石さんとの絵本に『とうさんねこのたんじょうび』（ＢＬ出版）がある。2016年没。

画家　**垂石眞子**（たるいし　まこ）
神奈川県茅ヶ崎市出身。多摩美術大学卒業。絵本の作品に『もりのふゆじたく』『きのみのケーキ』『あたたかいおくりもの』『あつい あつい』『なみだ』『しょうぼうじどうしゃのあかいねじ』（以上、福音館書店）、「ぷーちゃんえほん」シリーズ（リーブル）など、童話の作品に「しばいぬチャイロのおはなし」シリーズ（あかね書房）がある。画を手がけた作品に『ちびねこチョビ』『ちびねこコビとおともだち』（以上、あかね書房）、『かわいいこねこをもらってください』（ポプラ社）、『ぼくの犬スーザン』（あすなろ書房）など。
垂石眞子ホームページ
https://www.taruishi-mako.com

ぞくぞく村のおばけシリーズ⑮　**ぞくぞく村ののっぺらぼうペラさん**

発　行＊2009年2月　第１刷　2024年８月　第14刷　NDC913　79P　22cm
作　者＊**末吉暁子**　画　家＊**垂石眞子**
発行者＊岡本光晴
発行所＊**株式会社あかね書房**　〒101-0065 東京都千代田区西神田3-2-1
電話 03-3263-0641（営業）　03-3263-0644（編集）
https://www.akaneshobo.co.jp
印刷所＊錦明印刷株式会社　製本所＊株式会社難波製本

ISBN978-4-251-03655-1

ぞく村
おしゃれおばけの家
オバタンの家
ぴよぴよ丘
もじゃもじゃ原っぱ
ミイラのラムさん
ゴロゴロの木
ゴブリンの家
とんとん橋
おばけかぼちゃ畑
吸血鬼の家
ぱかぱか森
ひそひそ川